A mis amigos, Elida Saucedo y Darby McQuade,
a mis primos Ada Paulina y Hernán Díaz Batista, Manuel García Hernández,
Genoveva Rosales López y su familia y amigos en Oaxaca,
a Herminio Martínez Matías y su familia en Teotitlán del Valle,
y a la familia que me permitió entrar en sus vidas y me adoptaron: Samuel Montaño
Chavez, Refugio Ruíz Jimenez, Rigel, Shaula, Cristina y Angelita Montaño Ruíz —

Gracias

Otros libros que dan información sobre El Día de los Muertos son:
The Days of the Dead. Greenleigh and Beimler.
San Francisco: Collins, 1991.
The Skeleton at the Feast. Carmichael and Sayer.
Austin: University of Texas Press, 1992.
Vive tu Recuerdo. Childs and Altman. Los Angeles:
University of California Press, 1982.

First Edition 1 2 3 4 5 6 7 8 9 10

Library of Congress Cataloging in Publication

Ancona, George. Pablo remembers: the Fiesta of the Day of the Dead / by George Ancona.
p.   cm.   Summary: During the three-day celebration of the Day of the Dead, a young Mexican boy and his family make
elaborate preparations to honor the spirits of the dead.   ISBN 0-688-11249-8.—ISBN 0-688-11250-1 (lib. bdg.).
—ISBN 0-688-12894-7 (Spanish Language Edition) 1. Mexico—Social life and customs—Juvenile literature.
2. All Souls' Day—Mexico—Juvenile literature. [1. All Souls' Day—Mexico. 2. Mexico—Social life and customs.]
I. Title. F1210.A75 1993 393'.9'0972—dc20 92-22819 CIP AC

PABLO RECUERDA

❖ La Fiesta del Día De Los Muertos ❖

Jorge Ancona Díaz

LOTHROP, LEE & SHEPARD BOOKS ◆ NEW YORK

for Genoveva

Noche Santificada

Se oyen las campanas de la iglesia y el canto del gallo. Pablo sabe que ya es hora de levantarse. Lo primero que ve cuando abre sus ojos es la fotografía de su abuela. Ella sonríe en la fotografía que fue tomada cuando era joven. Es el único retrato que la familia de Pablo tiene de su abuela. Pablito la recuerda de pelo blanco y manos arrugadas—pero con la misma sonrisa. La Abuelita murió hace dos años y Pablo la extraña.

Hoy empiezan las celebraciones del Día de Los Muertos—una ocasión en la que se siente que la Abuelita está más cercana. Hay tanto que hacer para prepararse. Pablo oye a su mamá, la señora Refugio, en la cocina. "¡Niños, apúrense y vístanse", les dice, "o vamos a perder el camión!".

Cuando Pablo no está en la escuela, trabaja con su papá, el señor Samuel, tejiendo los lindos tapetes que han traido mucha fama al pueblo. Hoy no hay escuela, ni tiempo para tejer. Pablo y su hermana, Shaula, ayudarán a sus padres a hacer compras en el mercado público en la ciudad de Oaxaca. Sus dos hermanitas, Cristina y Angelita, se quedarán atrás con su madrina.

En toda la República Mexicana, la gente está ocupada preparandose para la fiesta. Los panaderos están horneando el tradicional pan de muertos. Los dulceros hacen las calaveras de azúcar. Los niños cortan esqueletos de cartón. Los artesanos estampan el "papel de china". Los campesinos cosechan cempasúchil, la flor de los muertos.

Cuando llegan Pablo, Shaula y sus padres, hay mucha gente en el mercado público de Oaxaca. Mientras caminan entre la gente, los niños ven como sus padres examinan las frutas, prueban las nueces y regatean con los vendedores. Ellos compran:

NARANJAS

MANZANAS

CHILES

NUECES Y CACAHUATES

CHAPULINES

CACAO

CALABAZA

COPAL

CAL

❧◆❧

PAN DE MUERTOS

❧◆❧

VELAS

TOMATES Y JITOMATES

CAÑA

LIMONES

RÁBANOS

ESPECIAS

CEMPASÚCHIL

CALAVERAS DE DULCE

Por fin tienen todo lo que necesitan. Cargados con sus compras, toman el camión hacia su pueblo.

En casa, Pablo, Shaula, Cristina y Angelita preparan un altar de niños. El altar invitará a los angelitos, los espíritus de los niños muertos, a visitar esta noche. Todo en el altar es pequeño. Los niños llenan canastitas con nueces. Llenan tacitas con chocolate. Encima del altar, ponen las calaveras de azúcar decoradas con sus propios nombres. Pablo enciende el copal, y el humo del incienso llena el cuarto con su perfume. Flores, frutas y juguetes completan la ofrenda a los espíritus. Por último, Pablo enciende la velita que iluminará el camino para los angelitos. La vela se quedará encendida toda la noche.

Ya que terminan de preparar su altar, es tiempo de acostarse. Mientras Pablito se duerme, oye a su mamá que todavía está ocupada en la cocina. Ella estará despierta hasta muy noche cocinando el pollo, remojando y cocinando los granos de maíz en cal, y haciendo todas las preparaciones para el día siguiente.

El Día de Todos Los Santos

En la mañana la señora Refugio prepara el desayuno para la familia. Los niños mojan su pan de muertos en las tazas de chocolate. El atole es algo especial para todos, una bebida caliente hecha de maíz molido y cocido en agua. Después viene el caldo de pollo servido con tortillas grandes que se llaman "tlalludas"—un comienzo abundante para este día especial.

Todos tienen quehaceres después del desayuno. Hay que limpiar la casa y tener toda la comida lista para las tres de la tarde cuando empieza a llegar la familia. A esa hora, los angelitos estarán listos para irse y los espíritus adultos vendrán a visitar. Pablo trae agua para su mamá y limpia el patio. Shaula lava los platos, mientras Cristina y Angelita les dan de comer a las gallinas y a los pavos.

La señora Refugio empieza a preparar la comida tradicional para la fiesta: tamales de mole. Primero, quita el agua de cal del maíz remojado. Lleva los granos al molino del vecino y allí el molinero los muele para hacer una masa gruesa.

La señora Refugio se arrodilla al lado de su metate para moler el chocolate, los chiles y las especias que usa para preparar el mole. Por muchos siglos, se han usado metates de piedra para moler la comida.

Mientras la señora pica el pollo que cocinó la noche anterior, Shaula empieza a hacer las tortillas. Usando una tortilladora, se aplana la masa formando pequeños círculos planos.

Trabajando juntas, las niñas y su mamá, hacen los tamales. Untan cada tortilla con mole y pollo. Luego lo doblan, lo envuelven en hojas de maíz y lo amarran. Cuando terminan de hacer los tamales, la señora Refugio los cocina al vapor en una olla grande y el olor maravilloso de los tamales de mole llena la casa.

Mientras tanto, Pablo y su papá se han ido al mercado del pueblo para comprar algunas otras cosas para la ofrenda de adultos. Fueron al médio día para que las flores estuvieran frescas para el altar. También compran cañas largas para hacer un arco.

Ya casi son las tres—se está acabando el tiempo. Apurados, Pablito y el señor Samuel regresan a la casa. Cuando llegan, el señor Samuel les dice a todos que vengan a ayudar a terminar los preparativos del gran altar.

La señora Refugio tiende un mantel sobre una mesa y pone un crucifijo en medio. Después los niños y sus padres ponen en la mesa el pan de muertos, frutas, flores, tazas con chocolate y atole y los objetos favoritos que los parientes difuntos disfrutaban en vida—sus comidas, dulces o bebidas especiales. Cuando los tamales ya esten cocidos, algunos se pondrán en la ofrenda.

La señora Refugio enciende la mecha en la lámpara de aceite enfrente del crucifijo. Hay una vela para cada difunto.

Finalmente, ponen las fotografías de sus parientes muertos en el altar. "Ahora, mi Abuelita puede venir a visitarnos", dice Shaula.

En cuanto el altar está listo, se oyen los cohetes. Es la señal de que los espíritus de los difuntos están por llegar a la casa. Durante las siguientes veinticuatro horas, tocarán las campanas de la iglesia sin parar. Grupos de jovenes se turnarán en sonarlas.

"¡Y ahora a comer!" grita Pablo. El olor de los tamales ha estado picando su apetito todo el día. La señora Refugio destapa la olla caliente y llena una canasta con tamales para los niños. Los padres comerán después con los invitados.

Después de comer, Pablito y sus hermanitas se visten con ropa nueva—los invitados no tardarán en llegar. Seguirán llegando durante la noche y aun el próximo día. Tíos y tías, primos y primas, abuelos y abuelas, comadres y compadres, todos vendrán. Cada familia traerá una canasta llena de dulces de calabaza, flores y velas para poner en el altar. Se quedarán un rato a visitar. Después, llenarán sus canastas vacias con la comida del altar y se iran a la casa de otro pariente.

Mientras no haya visitas en su casa, la familia de Pablo sale a visitar a otros familiares y Pablo corre a jugar con sus compañeros. Es un día para festejar y platicar y jugar y reír. La fiesta continuará aun cuando Pablo este durmiendo.

2 DE NOVIEMBRE
El Día de Los Difuntos

Al día siguiente, algunas personas del pueblo van a la iglesia que está decorada con velas, flores y ofrendas de comida.

Este es el día cuando las familias van al panteón para decorar las tumbas de sus parientes. Las flores para las tumbas tienen que ser frescas, así que la señora Refugio va una vez más al mercado. Llega muy tarde para comprar la "cresta de gallo morada", pero encuentra algunos "alcatraces".

A las tres, dejan de sonar las campanas. Un estallido de cohetes señala la despedida de los espíritus.

Ahora Pablo y su familia recogen las flores y la comida y se reunen con sus vecinos en el panteón. El señor Samuel barre las tumbas de su familia. Pablo ayuda a su mamá a decorarlas con flores y frutas. Luego la familia se sienta a comer, a cantar, a reír y a visitar con sus parientes difuntos. Vecinos van y vienen, participando en la fiesta.

Los niños juegan alrededor de las tumbas. Uno de los juegos favoritos de Angelita se juega con una moneda y nueces. Los niños colocan una moneda en la tierra y cada uno trata de alcanzarla tirando una nuez a la moneda. Las nueces que no tocan la moneda se quedan en el suelo hasta que uno de los niños logra pegarle a la moneda y ese niño gana todas las nueces.

Al atardecer, Pablito enciende las velas sobre la tumba de su Abuelita. Poco a poco el cielo se obscurece, las estrellas brillan y hay una quietud en el panteón. A través de las velas parpadeando, la gente se sienta a pensar, a recordar a sus parientes queridos que están enterrados allí.

Pablo le dice a Shaula, "Creo que nuestra Abuelita está contenta de que estemos todos juntos aquí con ella esta noche". Shaula sonrie.

Mientras los adultos platican, Cristina y Angelita se acomodan en los brazos de sus padres. Sus ojos se empiezan a cerrar. Pronto, todos regresarán a su casa a tomar una taza de chocolate caliente y a una cama acogedora.

Han pasado los últimos tres días festejando a sus antepasados. Para Pablo, estar con su Abuelita fue lo más especial. Pablito sabe que siempre la va a recordar. Con cada año que pase, siempre celebrará su memoria en el Día de Los Muertos.

Notas del Autor

La celebración del Día de Los Muertos se inició con la integración de las creencias de los aztecas sobre la muerte, y las de la religión católica que los conquistadores españoles establecieron en el pueblo de México.

Los antiguos egiptos creían que los espíritus de los muertos regresaban en el otoño para visitar al mundo de los vivos. Saludaban a los espíritus con comida y velas. Estas costumbres se extendieron hasta la Roma antigua y cuando nació el cristianismo, se adoptó el rito de recordar a los muertos. Con el tiempo, el 1 de Noviembre se convirtió en el Día de Todos Los Santos, un día para rezar por las almas inocentes de los santos, mártires y de los niños. En el siglo trece, el 2 de Noviembre, el Día de Los Difuntos, fue designado para recordar a los espíritus de los pecadores que murieron. A través del tiempo, el 31 de Octubre se designó La Noche Santificada, cuando los espíritus de los niños vendrían a visitar y al día siguiente llegarían los espíritus adultos. En esa época, en las iglesias y panteones de España, celebraban con comida y velas encima de las tumbas de sus familias difuntas.

Al otro lado del mundo, los aztecas, mayas y otros pueblos pre-hispánicos veían la muerte como parte del proceso de la vida. El destino de una persona, después de su muerte, dependía de cómo se había muerto. Por ejemplo, guerreros que murieron acompañaban al dios del sol, Tonatiuh, y después de cuatro años, se volvieron chupaflores o mariposas. Niñitos difuntos iban a Chichihuacuahco, donde los árboles que sudaban leche, los amamantaban.

Los aztecas creían que al fin del mundo presente todos los que habían muerto iban a nacer de nuevo. Honraban los espíritus de los difuntos y los invitaban a visitar en ciertos días del año. En esos días ponían ofrendas de tamales y atole sobre las tumbas. Los tamales que sobraban los compartían con los vecinos. Cuando los españoles conquistaron México y forzaron al pueblo a convertirse al cristianismo, no fue muy difícil para los aztecas adaptar sus ritos a las ceremonias católicas.

Hoy día, la fiesta del Día de Los Muertos se considera una celebración de familias, una reunión de los vivos con los difuntos. Cada pueblo lo celebra de su propia manera. En algunos pueblos se forman unas comparsas para celebrar una de las noches. Hombres, mujeres y niños se disfrazan con máscaras y vestidos y desfilan junto con una banda de músicos. Los enmascarados se paran enfrente de algunas casas y recitan versos satíricos sobre algunos de sus vecinos. En algunos pueblos se encienden velas en una noche, pero no en la otra.

José Guadalupe Posada, un artista mexicano del siglo diecinueve, es recordado por sus grabados en madera, que se burlan de la sociedad mexicana y representa a la gente como esqueletos. Hoy sus obras son la inspiración para artistas quienes montan altares usando las figuras de Posada en museos y edificios públicos. Muchas veces las ofrendas honran a artistas, autores y personajes famosos que han muerto.

Comunidades mexicanas en los Estados Unidos también celebran el Día de Los Muertos, combinando su fiesta tradicional con el Halloween americano.

Para los mexicanos, la fiesta del Día de Los Muertos es una celebración privada y pública. En público, el pueblo se burla de la muerte. En privado, la gente honra la memoria de los parientes difuntos.

Jorge Ancona Díaz

fotoperiodista, ha escrito docenas de libros para niños, sobre varios temas, que incluyen como criar caballos hasta como volar helicópteros. El Señor Ancona Díaz es de descendencia mexicana, y por eso, PABLO RECUERDA, es especialmente importante. La familia del libro le concidera como "tío". Cuando el autor visita a su propia familia en México, aprovecha visitar a la familia Montaño Ruíz.